Made in the USA
Monee, IL
12 April 2022

94619062R10068